YASMIN

aime la mode

Illustrations de
HATEM ALY
Texte français de
MAGALI BÉNIÈRE

SAADIA FARUQI

■ SCHOLASTIC

Pour Mariam qui m'a inspirée, et pour
Mubashir qui m'a aidée à trouver les
bons mots – S.F.

Pour ma sœur, Eman, et ses merveilleuses
filles, Jana et Kenzi – H.A.

Catalogage avant publication de Bibliothèque et Archives Canada

Faruqi, Saadia
[Yasmin the fashionista. Français]
    Yasmin aime la mode / Saadia Faruqi ; illustrations de Hatem Aly ;
texte français de Magali Benière.

Traduction de: Yasmin the fashionista.
ISBN 978-1-4431-7453-4 (couverture souple)

    I. Aly, Hatem, illustrateur II. Titre. III. Titre : Yasmin the fashionista. Français

PZ2.F285Yal 2019   j813'.6   C2018-906320-3

Version anglaise publiée initialement par Picture Window Books, une division de
Capstone Global Library Limited, 264 Banbury Road, Oxford, OX2 7DY, R.-U.

Édition publiée par les Éditions Scholastic, 604, rue King Ouest, Toronto (Ontario)
M5V 1E1, avec la permission de Capstone Global Library Limited.

5 4 3 2 1   Imprimé en Chine CP173   19 20 21 22 23

Conception graphique : Aruna Rangarajan
Éléments graphiques : Shutterstock : Art and Fashion

TABLE DES MATIÈRES

CHAPITRE 1

La garde-robe

Yasmin s'ennuie beaucoup, vraiment beaucoup.

— Quand est-ce que Mama et Baba seront de retour à la maison? demande-t-elle à ses grands-parents. J'en ai assez de faire des bijoux. J'ai déjà fait trois bracelets et une couronne.

Nani lève les yeux de sa couture.

— Ils viennent juste de partir, Yasmin. Sois patiente. Ils ont le droit de passer la soirée dans un bon restaurant, non?

Yasmin fait la moue.

— Ils ont promis de me rapporter un dessert. J'espère qu'ils n'oublieront pas.

Nana lui montre son livre.

— Aimerais-tu lire un peu avec
moi?

— Non, merci, répond Yasmin
avant de s'en aller en traînant les
pieds.

Elle va dans la chambre de ses parents. Quelque chose de brillant attire son attention.

Yasmin se glisse dans l'immense garde-robe. Des vêtements aux couleurs vives y sont pendus : des *kameez* en satin, des hijabs soyeux, et des saris perlés.

C'est comme si un

arc-en-ciel tourbillonnait

dans la pièce!

CHAPITRE 2

L'accident

Yasmin ne peut résister. Elle

essaie le nouveau *kameez* qu'elle a

remarqué. Elle tourne sur elle-même,

les bras écartés et les yeux fermés.

— Qu'est-ce qui se passe ici?

demande Nani.

Yasmin la regarde, surprise.

— Nani, ceci t'irait tellement

bien! dit-elle en enroulant un hijab

sur la tête de Nani.

Puis elle met un châle sur ses

épaules.

— Maintenant, nous sommes

toutes les deux à la mode!

Nani sourit.

— Je suis jolie, n'est-ce pas?

Toutes deux rient de bon cœur.

Elles tournent, tournent, tournent

sur elles-mêmes, jusqu'à ce que...

OUPS!

Nani trébuche et marche sur le

kameez que Yasmin porte. Oh non!

Il se déchire!

— Qu'est-ce que je vais faire

maintenant? gémit Yasmin.

Elle enlève le *kameez*. Nani

examine la déchirure.

— Ne t'inquiète pas. Je vais

expliquer à ta mère ce qui s'est

passé. Tout ira bien. Je peux le
réparer avec ma machine à coudre.

Mais le tissu est trop épais et
l'aiguille de la machine à coudre
se brise.

— Je réparerai la machine,

dit Nana, dès que j'aurai

trouvé mes lunettes...

CHAPITRE 3

Le défilé de mode

Nana et Nani sont occupés à réparer la machine à coudre. Mama et Baba vont bientôt rentrer. Yasmin ne sait pas quoi faire.

Elle met son pyjama et range sa table de bricolage. Puis elle a une idée.

— Je sais comment réparer le *kameez!* crie-t-elle en brandissant son pistolet à colle.

Nana essaie le pistolet à colle et répare le *kameez* en un tournemain!

Puis Yasmin a une autre idée.

Elle prend des plumes, des pompons

et des morceaux de tissu dans sa

boîte de bricolage. Elle les coupe et

les recoupe, puis elle les colle sur

son pyjama avec du ruban adhésif.

Maintenant, le pyjama est aussi

scintillant et coloré qu'une queue

de paon. Il ressemble au *kameez*

de Mama.

C'est alors qu'un bruit de

moteur se fait entendre dans l'allée.

— Ils sont là! s'écrie Yasmin.

On va les surprendre!

Quand Mama et Baba entrent dans la pièce, tout est calme et sombre. Mais Nana appuie sur l'interrupteur. Lumières! Musique!

— Bienvenue au défilé de mode de Yasmin! s'exclame-t-il. Préparez-vous! Nos *fashionistas* vont vous émerveiller!

Yasmin entre et s'arrête pour prendre la pose. Son pyjama scintille. Ses bracelets cliquettent. Nani se joint à elle. Elle porte un hijab coloré.

Yasmin et Nani défilent sur le tapis en s'assurant de ne pas trébucher. Nani salue comme une reine.

Mama tape dans ses mains au rythme de la musique. Nana prend des photos.

— Merveilleux! Incroyable! s'écrie Baba.

Yasmin sourit et salue. Puis elle

s'écroule sur le canapé entre Mama

et Baba.

— Ah! Je suis affamée! dit-elle.

Est-ce que vous m'avez rapporté un

dessert?

Et toi, que ferais-tu?

* Yasmin s'amuse à se déguiser avec Nani. Quels jeux ou quelles activités aimes-tu faire avec ta famille?

* Yasmin et Nani ont accidentellement déchiré le *kameez* de Mama. Elles le réparent et ont l'intention de le dire à Mama quand elle rentrera à la maison. Pense à ce que tu ferais si cela t'arrivait.

* Tout le monde s'ennuie parfois. Fais une liste de cinq choses que tu pourrais faire la prochaine fois que tu t'ennuieras!

Apprends l'ourdou avec Yasmin!

La famille de Yasmin parle ourdou. L'ourdou est une langue du Pakistan. Peut-être que tu connais déjà des mots en ourdou!

baba (ba-ba) – papa

hijab (hi-jab) – foulard qui couvre les cheveux

jaan (jane) – ma vie; surnom donné à quelqu'un qu'on aime beaucoup

kameez (ka-mize) – longue tunique ou chemise

mama (ma-ma) – maman

naan (nane) – pain plat cuit dans un four

nana (na-na) – grand-père (maternel)

nani (na-ni) – grand-mère (maternelle)

salaam (sa-lame) – bonjour

sari (sa-ri) – robe portée par les femmes en Asie du Sud

Faits intéressants sur le Pakistan

Yasmin et les membres de sa famille sont fiers d'être pakistanais. Yasmin aime partager des informations sur le Pakistan.

Situation géographique

Le Pakistan fait partie de l'Asie. Il est bordé par l'Inde d'un côté et par l'Afghanistan de l'autre.

Capitale

Islamabad est la capitale du Pakistan, mais c'est Karachi la plus grande ville.

Islamabad

PAKISTAN

Mode

Le vêtement le plus courant au Pakistan est le *shalwar kameez*. Le *shalwar* consiste en un pantalon ample et le *kameez* est une longue tunique.

Poésie

Le poète national du Pakistan s'appelait Allama Iqbal. C'était un personnage important de la littérature ourdoue.

Comment faire un *kameez* attrape-soleil

MATÉRIEL :

- papier calque ou autre papier très fin
- crayon
- feutres ou crayons de couleur
- ciseaux

ÉTAPES :

1. Pose le papier sur cette page et trace le *kameez*.

2. Utilise les feutres ou les crayons de couleur pour créer un motif répétitif autour du cou, du bas et des poignets du *kameez* que tu viens de dessiner.

3. Colorie le reste du *kameez* et orne-le d'un motif différent.

4. Découpe le *kameez* et colle-le sur une fenêtre pour en faire un superbe attrape-soleil!

Saadia Faruqi est une auteure américaine d'origine pakistanaise. Activiste interconfessionnelle et formatrice en sensibilisation aux réalités culturelles, elle a déjà été mentionnée dans *The Oprah Magazine*. Elle est l'auteure de la série de nouvelles pour adultes *Brick Walls: Tales of Hope & Courage from Pakistan*. Ses essais ont été publiés dans le *Huffington Post*, *Upworthy*, et *NBC Asian America*. Elle vit à Houston, au Texas, avec son mari et ses enfants.

Hatem Aly est un illustrateur d'origine égyptienne. Son travail a été présenté dans de nombreuses publications à travers le monde. Il vit actuellement dans la belle province du Nouveau-Brunswick, au Canada, avec son épouse, son fils et plus d'animaux de compagnie que de gens. En général, lorsqu'il n'est pas occupé à tremper des biscuits dans sa tasse de thé ou à regarder fixement une feuille blanche, il dessine. L'un des livres qu'il a illustrés, *The Inquisitor's Tale* d'Adam Gidwitz, a remporté un Newbery Honor et d'autres prix, malgré les dessins d'un dragon qui pète, d'un chat à deux têtes et d'un fromage qui pue.

Retrouve Yasmin dans d'autres aventures!

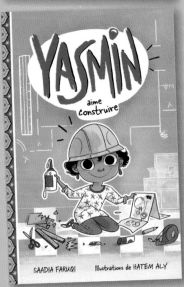